句集

# 文事

Bun-Ji

岩岡中正

朔出版

句集　文事　目次

Ⅰ　生きんとす　二〇一五年――二〇一七年　5
Ⅱ　野梅　二〇一八年――二〇一九年　81
Ⅲ　春星　二〇二〇年――二〇二一年　159
あとがき　212

装丁　奥村靫正／ＴＳＴＪ
装画　星野絢香／ＴＳＴＪ
題字　「王羲之蘭亭序
張金界奴本」より
（国立国会図書館デジタルコレクション）

# 句集　文事

# Ⅰ　生きんとす

二〇一五年——二〇一七年

一四六句

二〇一五（平成二十七）年

餡パンの臍のあたりのあたたかし

白濤が崖のぼりゆくさくらかな

春泥に足をとられてゐる荷風

いつ果つるともなき戦さ鳥雲に

行く春の水輪のやうに人逝けり

妻はパンセなど読んでをり窓若葉

島原普賢岳

隆起して崩落をしてなほみどり

天草

殉教の海の底より時鳥

青春を賭けたる黴の一書かな

人間は脚より老ゆる雲の峰

御僧の大往生や雲の峰

百日紅より火がついてしまひけり

民草といふことばあり終戦忌

大岩の一歩もひかぬ野分かな

久住高原　二句

曼珠沙華泣きながが原へなほ三里

仏心の静かに落つる秋の滝

新松子都遠しと思ひけり

子にしかと伝へおくこと新松子

風の中より蟷螂のあらはるる

人間に鼻梁のありて秋の風

秋草のあはれも刈つてしまひけり

人ひとり欠けたる秋を惜しみけり

漱石の髭のあたりのそぞろ寒

妻とゐて冬あたたかと思ひけり

隠岐島　三句

浜焚火見てゐて遠流めきにけり

松の根の巌のごとき寒さかな

しぐるるや遠流の島の御陵守

二〇一六（平成二十八）年

美しき初夢を見る願ひあり

マチルダもヨゼフも冬の墓に眠る

直立のペンギンの悴んでゐる

鞦に少し世を儚んでゐる

熊本県長洲海岸　二句

著ぶくれてことば漁《すなど》る人となる

波どすんどすんと春が来りけり

下萌のこゑ万物のこゑのなか

春は静かに橋上を来つつあり

阿蘇野焼　二句

みちのくへ鎮魂の野火高く高く

さびしさはわが肩に降る野火埃

お彼岸の水湧いてゐるところまで

はくれんの落花を掃くといふ仕事

この庵の俳僧も亡きさくらかな

甘茶よりやさしきものに里ことば

四月十四日、十六日　熊本地震　震度7　四句

囀に地震《なゐ》の神鎮まり給へ

戦場のごとくに地震や春深し

余震なほ指先にある春の闇

春の闇どすんと直下型地震

ぱつくりと大地口開け鼓草

一身を貫く地震や新樹冷

酒蔵の瓦礫の見ゆる窓若葉

瓦礫声あげ夏草は直立す

瓦礫山なし蝙蝠の夜となる

でむしの角ふるはせて生きんとす

子燕の顔出してゐる余震かな

ふるさとが城が崩れてゐる炎暑

鎮魂のごとく瓦礫に水を打つ

瓦礫みな祈る形に炎天下

灼け石に手を置けば地震の記憶

崩落の夏の宮にも詣でけり

炎天の更地となつてしまひけり

炎天の塊として歩くかな

炎天のみな波打つてゐるごとし

よく耐へて呉れしとおもふ夏座敷

先生は博覧強記雲の峰

朝顔の種採るといふ一大事

遠ざかるとき流燈となりにけり

掃苔のもんどりうつてゐる墓石

倒れたる父の墓石に詣でけり

創世のごと地震の地に稲光

手庇に伊予が見ゆるよ獺祭忌

倒壊の寸前にして冷まじや
赤々と鬼灯われに為すことあり

安曇野の空より捥いできし林檎

菊花展華やかにして慰霊めく

人悼む心に種を採りにけり

友情は降り積もるもの落葉道

落葉してわれも市塵にまぎれけり

カルチェラタンを遠く冬の瓦礫

防人の妻の束髪冬菫

島抜けし帝ありけり冬の鳶

冬蝶の地震の石にもすがりゐる

湯豆腐の四角四面を愛しけり

聖夜星内藤濯文学碑

水脈のきら胸中のきら年逝くか

二〇一七（平成二十九）年

相聞のごとくに天地初茜

年明くる地割れの昏きところより

初暦掛けたる釘も古りにけり

亀が貌あげて御慶をのべにけり

歌かるた世をはかなんでばかりゐる
読初の灯ともし頃となりにけり

冬泉のごとく心に湧けるもの
大寒の礫のやうに来る訃報

界隈といふことば好き春立てり
踏んでゐる土がふるさとあたたかし

春寒の橋行きて旅人となる

はるばると聖鐘わたる濃紅梅

末黒野を行きみちのくをゆくごとし

瓦礫野に土筆を摘んでゐたりけり

瓦礫野に残る風樹や卒業す

わが眉へ木の芽のこゑの降るごとし

両の掌に囀のあふれんばかり

山影の鬱然とある蝌蚪の紐

はくれんを故郷のやうに仰ぎけり

美里町大窪橋

地震越えてこその桜と思ひけり

うしろより惜春の風吹いてゐる

神の御手よりこぼれくる懸藤

対岸に用ある蛇の渡りゆく

滝といふ詩魂が落ちてゆきにけり

枇杷熟れて山河たのしくなりにけり

濃紫陽花海より生まれたる我等

短夜をぐんぐん伸びる庭の草

花石榴かつと沖縄慰霊の日

緑蔭の句碑にも地震の物語

心にも吃水線がありて梅雨

讃美歌のごと睡蓮の開きけり

垂訓のこゑ炎天の奥よりす

金魚死なしめ落日を見てゐたり

雲の峰ブリテン島は遥かなり

てのひらに銀河より授かる一句

新涼の庭へ向きたる大絵皿

淋しさのかたまつてくる精霊舟

かなかなや一揆に消えし村ひとつ

露けさの山塊をわが力とす

天上にペテロ漁る鰯雲

故郷は天にありけり鰯雲

教会の掃除当番小鳥来る

佇めば秋水の楽おこりくる

職人は日がなとんとん草の花

リスボンを遠しと思ふ鰯雲

悼　島田真祐さん

永別の夜の黄落のきりもなし

人逝きていよよ真直ぐに雁の棹

柿はたわわに裏山は崩落す

一頭の痩せ馬大事在祭

宮城県松島芭蕉祭　二句

夜の紅葉かうかうと死者帰り来よ

みちのくの旅のはじめの翁の忌

六十を早逝といふ初時雨

ふりかへるたびにしぐれてきたりけり

そこばくの大根干して未婚なり

町川の右岸左岸も十二月

虚子のこと考へてゐる漱石忌

おでん屋で文学の手ほどきすこし

頬杖をつけばたちまちクリスマス

鳥羽・志摩　銀河の会　五句

笹鳴のころより共に学びたる

無造作に蛸壺を積み上げて冬

海鼠舟音も立てずに戻りくる

聖夜来る沖に白亜の停泊船

いくさあるなよ日向ぼこの妣たちへ

無駄な句は一句もなくて年送る

# II 野梅

二〇一八年——二〇一九年

一五〇句

二〇一八(平成三十)年

注連縄の竜のごときに詣でけり

遡るとき待春の魚となる

大寒の光となりて逝かれけり

寒雀襤褸のごとく飢ゑてをり

三角町囚徒墓

水仙や囚徒の一人一人に母

島崎百梅園

梅林の日輪として高くあり

二月十日　石牟礼道子さん逝去　二句

春潮の沖へ沖へと人逝ける

亡き人に裏木戸開けてある野梅

阿蘇大観峰山焼　三句

地に跪きては野火を放ちけり

野を焼いて悼み心のやうなもの

遠山火神話のやうに立ちにけり

鳥ごゑのふれたるところより物芽

このへんに教へ子がゐてあたたかし

走り出しさうな日月飛花落花

花散つて風の大河となりにけり

隣より余慶のやうに散るさくら

句帳また花の色してさくらどき

行く春の魚の一身透くばかり

生涯をこのバス路線春夕焼

春行くや地震の更地も見飽きたり

風すこし出て惜春の川となる

チューリップ散つて広がりゆく戦火

木下闇焚書坑儒の昔あり

若楓句は平明を良しとする

人吉市　二句

夏に入る水の手橋のあたりより

万緑の川とし夜も眠らざる

麦秋の四時軒に来てゐる龍馬

オペラいまはねたる夜の新樹かな

北上市・遠野市　五句

木下闇より山姥《やまんば》もわらんべも

麦秋のみちのくはことごとく悲話

なつかしき魯迅秋瑾麦の秋

青芒一本をわが旅情とす

人ごゑに山蛭降つてくるといふ

父よりも長き余生や花あふち

黒揚羽より一陣の風起こる

出水引いて五体投地のやうに草

雲の峰人は生死をくり返し

しんしんと鉄路ありけり雲の峰

大南風魚の影より魚生まる

炎天に人を待たせてをりにけり

詩人みなふるさとを恋ふ夜の秋

病葉や死を賜はりし人の墓

いのち大事と片陰をつたひゆく

掃苔の大きな墓をもて余す

流燈のひとつ石牟礼道子の火

流燈にすこしこの世の匂ひせり

万燈籠一語一語のごとくなり
すこし傾ぎて流燈のもの思ふ

秋の風机上に何もなかりけり

てにをはの長き講釈秋暑し

いま欲しきものに詩才と秋の風
アフリカ大地溝帯より地虫鳴く

殉教の島の無花果たわわなり

秋の鷗晩年さして遠からず

目つむれば瞼もつとも露けくて
会ふ人のみななつかしき雁のころ

人逝きし空より雁の来りけり

かりがねの数ほど人を逝かせけり

秋思ふと埴輪の馬にとりまかれ

種採つてこのごろいよよ寡黙なり

故人いま小鳥となりて来りけり

キリストに十二使徒ゐて小鳥来る

捨てられて天を仰いでゐる案山子

琵琶湖湖東　渡岸寺・正妙寺　六句

秋の虹くぐり菩薩に会ひに行く

白毫《びやくごう》に湖の秋冷とどきけり

阿弥陀橋より懸りたる秋の虹

村人で守る観音小鳥来る

観音の臍うつくしくしぐれけり

冬芒みな供華として古戦場

彦根・龍潭寺　三句

萍の紅葉はじまるころを旅

学僧の頭の青々としぐれけり

浮寝鴨昨日のかほで目覚めをり

文才も胃痛もなくて漱石忌

寒雷のやうな一句を欲しけり

会釈して焚火にあたらせてもらふ

寒さうにいとどが貌を上げにけり

聖夜ミサ終へたる妻と待ち合はす

行幸橋より行く年も来る年も

二〇一九（平成三十一・令和元）年

ふところに嬰抱くやうな冬日向

寒紅にふつと殺気のやうなもの

手庇といふものをして冬あたたか

夕《せき》陽《よう》斜《しや》忌といへば春立つ思ひ

シクラメン追憶きりもなかりけり

翼ひろげて春潮の寄せてくる

三角町戸馳島　横井迦南句碑　二句

淋しさに逝きたる人の春の句碑

青き踏むとは歳月をふむごとし

島崎百梅園　兼坂止水塾跡　二句

横顔の頤《おとがい》長き梅見人

梅咲いて漢学ここに興りたる

阿蘇山焼

この雨に神話の大蛇《おろち》穴を出る

春の鴨流されていよいよ無心

島原半島殉教者記念聖堂

天上に花会堂にオラトリオ

旅にあるごと花冷の二三日

地震三年声かけあつて若緑

春落葉して忘却のにはかなり

ホ句は励ましの文学若緑

行く春の眉美しき人とゐる

遥かなる閨秀詩人より新茶

青嶺仰ぎて旅人となりにけり

人は静かに万緑の水ほとり

緑蔭にまなざし深き人となる

みな還りゆく万緑の海の底

俳諧の古茶のごときを愛しけり

晩年は風のごとくに古茶新茶

枇杷熟れてより望郷の空となる

大河いま夏を育ててゐるところ

梅雨川の濁世つらぬきゆきにけり

梅雨入りしてよりの安堵のやうなもの
会ふ人のみんな梅雨入の顔であり

梅雨深ければ世に遅れたるごとし

梅雨の灯の人語のやうにともりけり

梅雨蝶のとまりて重き一枝かな

一本の棒のごとくに病みて夏

家もまた生きてゐるなり炎天下

炎天の一会とはおろそかならず

銀漢に仰臥とは祈りのかたち

流燈に昔の波の寄せて来る

しばらくは遊行めきたる精霊舟

戦争に聖戦は無し霊送

露けさの一本足の隅櫓

遺句集といふ露けさをいただきぬ

秋水の底より湧いてくる一句

初鴫にひろがつてゆく水輪かな

黄泉路へは傘さして行く曼珠沙華

秋彼岸過ぎたる山の高さかな

秋風の指す一本の道を行く

水を見て露けきことば交はしけり

天高し稜線に伏兵を見ず
とがめだてすまじ林檎の赤ければ

林檎重しカインの裔の掌に

末席の遅刻の夜学子をとがめず

かつて死を誉れといへり菊花展

行く秋の風となりたる人のこと

稿起こす白紙いちまい冬立てり

あれこれと机上たのしき小春かな

石蕗咲いて天上はいま光凪

フランシスコ教皇来日

教皇に小鳥のやうにつどひけり

京都洛北　三句

太閤に糟糠の妻石蕗の花

僧正の尼僧めきたる冬うらら

ふところに嬰大空に木守柿

綿虫の触れて輝く石ひとつ

鹿児島市　二句

討入りの義士に俳人冬銀河

かく集ひかく語り冬あたたかし

冬菊にホ句まだつくりたかりしを

江津湖　二句

ジムに人鴨は浮いたり沈んだり

亡国のごとくに枯れてゐる芭蕉

十二月四日　中村哲氏逝去　二句

アフガンの冬星となりたまひけり

落涙のごと山茶花のとめどなく

行く年の鯉の大きな口に会ふ

旅情とは肩に冬日をのせてゆく

一水は眠らず山はねむりけり

# Ⅲ　春星

二〇二〇年——二〇二一年

一〇〇句

二〇二〇（令和二）年

水前寺　出水神社初詣・初句会　三句

新年の歩幅で歩き初めにけり

心にも破魔矢の鈴を鳴らしゆく

初句会一句しづかに立ち上がる

家宝てふものはなけれど福寿草

我はことのは水鳥は水尾のこす

丁寧に生きて冬帽膝の上

胸中の大きな山も眠りけり

クレーンで吊り上げてゐる寒の城

悴んでゐては文学にはならぬ

稜線に人あらはれて春立てり

眉の上に春月おりてくるごとし

二月十日　石牟礼道子さん三回忌　六句

はうれん草赤し石牟礼道子の忌

まごころもはうれん草の根も真つ赤

人間に根つこがありてはうれん草

草青む踏めとごとくに道子の忌

白々と雨すぢ見ゆる野梅かな

犬ふぐり心に残る一作者

釣鐘を伏せたるやうな春の島

家に客置いて出てくる町うらら

誰もまだ知らぬウイルス春寒し

アフガンに土筆を摘んでをらるるか

鬱積し屈折し春逝かんとす

残党のごとくに花下につどひけり

藤の房垂直にわが故郷なり

木の根つこばかり見て春惜しみけり

牡丹はゆらと山脈は縷縷と

夢もまた牡丹も散り易きかな

砲弾のやうな筍持たさるる

宇宙森閑として夏落葉かな

麦の秋教師チョークの粉まみれ

晩年の己つつしみねぢり花

夏場所や肥後に不知火諾右衛門

祝祭のごと紫陽花の盛りかな

梅天のマスクもつとも無愛想

四郎にも妹がゐて花ざくろ

冥界の昏さ明るさ花ざくろ

花ざくろ疫病《えやみ》一寸先は闇

われらみな罪あるごとく夏マスク

紫陽花が保つソーシャルディスタンス

人間は水の塊梅雨しとど

梅雨晴間とは蝶たちのためにある

荒梅雨といふ戦場の真只中

青春の挫折いくたび雲の峰
胸中に峰雲育ちつつありぬ

梅雨夕焼孤立無援を悲しまず

懇懇と言つて聞かせてをれば雷

疫病なほずしんずしんと夜の雷

饒舌の夏蝶として嫌はるる

花石榴疫病の神の嘴太し

炎天を疫病ぐんぐん寄せて来る

惜命や夏も大きなマスクして

晩年も炎天もわが肩の上に

疫病さかんに朝顔はまだ咲かず

カンナ燃ゆふるさとつひに捨てられず

耐ふるほかなきウイルスも台風も
文学をせよと秋風吹いてくる

山は雲脱ぎつつありぬ衣被
マスク散乱して秋の風が吹く

子規忌　三句

生涯を娶らぬ子規を祀りけり

佇てば吾も秋風の一木となる

生きてゐることが一番天高し

神の嶺より秋風となり来る

おのづから石のまとつてゐる秋気

秋の風一人にひとつづつ余生

秋の声する御遺影のあたりより

天高し一世に一書あれば足る

実南天たわわ疫病のをさまらず

弟のやうな友ゐて黄落期

炉開きといふ母ませしころのこと

母逝きて使はぬ茶室石蕗の花

遺愛とはかくもしづかに石蕗の花
花石蕗に人語いよいよ美しき

人の世の疫病さかんに神の留守

大マスクしても薄情にはあらず

石蕗ひそと咲いて疫病と戦ふ町

冬うらら疫病の国と思はれず

好きなこと文事一切石蕗の花

てのひらに小春のこゑをあふれしむ

ふるさとはいつもしぐれてゐるやうな

時雨好き時雨過ぎたるあとがすき

小春日の地球一大浮遊体

机上散乱して年の逝かんとす

二〇二一（令和三）年

禱るとは跪くこと初明り

晩年の友は良き友年新た

寄せ墓といふ冬ぬくきところかな

稜線に朝日射しくる寒卵

墓いつも村見下ろして春隣

弔ひのときに会ふ人日脚伸ぶ

御身くれぐれも大事に竜の玉

ひたすらに使徒のごとくに麦を踏む

黄水仙徒労といへばみな徒労

虫出しに大地震忘れてはならず

虫出しにウイルス覚めるかもしれず

突堤に人を惜しめば春の雷

山雨朦朧として虚子忌を修す寺

ひよつこりとパン屋ができてあたたかし

四月二十五日　深見けん二先生白寿祝い

春星を仰ぎて一歩一歩かな

生涯の一書がありてあたたかし

門鎖して疫病怖るる暮春かな

人が人怖れて春の逝かんとす

句集　文事　畢

## あとがき

第三句集『相聞』（二〇一五年、角川書店）からあっという間に六年が経ち、今回、第四句集『文事』（三九六句）をまとめた。この間、旅も多かったが、何より震度七の熊本地震、石牟礼道子さんの死、それにコロナ禍と、思わぬ試練の連続だった。一刻一刻の時間を生き、詠み継いできて、地震に際しては『熊本地震2016の記憶』（共著、弦書房）、石牟礼さんについては『魂の道行き』（弦書房）、それにコロナ禍の家居の間には『俳句逍遥』（熊日新書）を著した。この六年間、何とか時代に触れつつ、見えないものを見、内面化し、ことばにしようと努めてきたが、まだまだ心もとない。

ただ、いよいよこの世がなつかしく、その思いをことばにする、読み書きの文事一切がますます好きになったことは事実。これから自他への存問の心と澄明な詩情、それに私が生きている証しとしての個性のようなものが少しでも見えてきたら、こんなにうれしいことはない。なお、この句集の名の「文事」は、集中の〈好きなこと文事一切石蕗の花〉による。
最後に、この句集の作品のためにたくさんの句会や旅を共にしてくださった皆様と、本書の上梓に尽力していただいた朔出版の鈴木忍様に心から感謝を申し上げたい。

二〇二一年八月

岩岡中正

（追記）本書の校正を終えたばかりだが、九月十五日夜、深見けん二先生が亡くなられた。享年九十九歳半の白寿。稀に見る知性と詩情をもった高潔な作家で、私の第一句集『春雪』にも懇切な「序」をいただいた。父のような恩師である。永年の教えへの感謝をこめて、この拙い句集を先生に捧げたい。

## 著者略歴

岩岡中正（いわおか　なかまさ）

1948(昭和23)年、熊本市生まれ。熊本大学名誉教授。博士(法学)。

九州大学在学中に俳句を始め、藤崎久を・稲畑汀子・深見けん二の各氏に師事。

1999年　俳誌「阿蘇」主宰。

2005年　熊本県文化懇話会賞受賞。

2008年　句集『春雪』（ふらんす堂）により熊日文学賞受賞。

2011年　『虚子と現代』（角川書店）により山本健吉文学賞受賞。

2012年～2014年「NHK俳句」選者。

2021年　くまもと県民文化賞受賞。

著書に、『詩の政治学—イギリス・ロマン主義政治思想研究』(木鐸社)、『子規と現代』（ふらんす堂)、『石牟礼道子の世界』(編著・弦書房)、『俳句逍遥』（熊日新書）ほか。句集に『夏薊』(ふらんす堂)、『相聞』（角川書店）など。

現在、公益社団法人 日本伝統俳句協会副会長。

毎日新聞「俳句のまなざし」担当、角川「俳句」令和俳壇選者。

現住所　〒861-4115　熊本県熊本市南区川尻4-12-15

句集　文事　ぶんじ

2021年10月1日　初版発行

著　者　　岩岡中正

発行者　　鈴木　忍

発行所　　株式会社 朔《さく》出版
郵便番号173-0021
東京都板橋区弥生町49-12-501
電話　03-5926-4386
振替　00140-0-673315
https://saku-pub.com
E-mail　info@saku-pub.com

印刷製本　中央精版印刷株式会社


ISBN978-4-908978-70-8　C0092